北海道豆本
series30

爪句

TSUME-KU

@札幌の行事

爪句考 その17

「爪句考」は爪句集の14集（2012年1月）から書き続けてきている。それ以前は「爪句とは何か」の標題で書いている。爪句集本文はブログに投稿した記事を編集しているので、原稿の手直しをする事はあっても、その作業は負担というほどでもない。しかし､「爪句考」はある程度まとまった爪句の論評形式なので、書くことに頭を使う。時には書いていて理屈っぽいと自分でも感じる時がある。しかし、爪句集の体裁を整えるために今回も書いておく。

爪句集は写真と爪句・説明文の異なる表現形式を組み合わせて作品にしている。データ形式で言えば、画像データとテキストデータということになる。いずれの表現形式、あるいはデータ形式でも形と内容があり、その関係が当然の事ながら異なっている。その差異について考察してみる。

写真の形式は画像データということで考えると、解像度と容量ということになる。ただし、ここでは写真を表現する枠を形式としておく。枠の形は千差万別で考えられる。円であれ四角であれ手書きで切り取った形であれ、その中にはまるように写真を切り取ることができる。しかし、実際のところ整理のし易さや見た目の整合性から、本爪句集では4：3の長方形の枠で統一されている（パノラマ写真では例外もある）。

一方、テキストデータの爪句・説明文は五・七・五の文字列と1句あたり100文字余りの文章が本爪句集の形式となる。この形式の中に表現したい事を文字データとして閉じ込める作業が行われることになる。写真でも爪句でも形式という枠組みがあって、その中に内容を詰めこむ。これは自由度が制限されやり難い点がある反面、形式に添えば内容だけに注意を集中して表現でき、創作活動を継続し易い利点がある。

この形式と内容の関係が、写真と句・文章でどのように異なるかを器（形式）と器に入れられる物（内容）で考えてみる。写真の場合は、笊の中の異なる様々な固形物で譬えられそうである。固形物はそれぞれ別物であるから、混じり方をいかようにもできる。小さな部分が笊の目から漏れ出しても、他の大方の固形物が残っていれば、表現の全体はそれほどのダメージを受けない。

この事は本爪句集で採用している全球パノラマ写真にも当てはまる。パノラマ写真では部分、部分の写真をつなぎ合わせて全体の写真を構成している。その際、写真のつなぎ目でずれを生じることが往々にしてある。しかし、ずれが小さいと全体で見て利用不能になるほどでもない。普通の写真でどこかが欠損している場合でも、その部分をぼかしたり、枠外に出すことで不都合を避けることができる。写真による表現は笊とその中の固形物と捉えると分かり易い。

一方、句・説明文は容器の中の流体に譬えるのが適当と思われる。句や文章は流体のように分けることができない。特に句は17文字しかないので、数語が欠損しても全体がおかしくなる。笊のような容器に水を入れると、水の一部が笊の外に漏れ出し、大半が笊の中に残るという事にはならないのに似ている。従って、句・説明文は漏れない容器に入れた液体のように扱う必要がある。

固まってしまえば固体は処理の途中で手を休めることができる。写真も撮って画像データにしてしまうと、枠や解像度の選択は後で時間をかけてできる。笊の中の固体を動かすのは時間的制約から比較的自由である。これが句・説明文となると、容器に入れ終わるまで気が抜けない。下手すると液体が容器外に流れ出て、容器に戻らない。感じていた事を言葉に表す瞬間を逃すと、二度と言葉が戻ってこないのに似ている。

ただ、写真でも句・文章でも容器があって、そこに固体か液体かの違いはあるにしても内容物を入れる作業で、手順が決まっていると仕事はし易い。そのし易さが1集当たり200枚の写真と200の句・説明文の爪句集を累計30集になるまで発行できた結果につながったと思っている。

しかし、容器に物を入れる作業と割り切って作業が進むことに重点を置くと、爪句集の作品の評価は低くなるだろう。毎日写真を撮って、爪句と説明文を付ける作業が重荷にならぬように形式に頼りながら、マンネリに陥らぬようにする間合いの取り方が肝心だと思って爪句の創作を続けている。

（アメリカ大統領の器にトランプ氏が
収まった日に…2016年11月9日）

爪句
@
札幌の行事

目次

1月

2月

3月

5月

6月

7月

8月

1 上手稲神社の初日の出

しめ飾り　帽子の如く　初日の出

元日は札幌市内の神社は初詣で賑わう。どこの神社でも初詣はできても、境内から初日の出が見られるところは多くはない。西区の西野屯田通に面した上手稲神社は初日の出を拝み、写真に撮る絶好の場所である。境内が道路より高いところにあり、東向

1月

日の出待つ　視線の先は　茜（あかね）空

きに鳥居が建ち、東側に大きな建物が無い。毎年この境内に出向き初日の出の写真を撮る。2014 年の元日は晴れていて、太陽が鳥居の中心に昇ってくるところを写真に撮ることができた。日の出前のパノラマ写真には東空を見る人の姿がある。（2014・1・1）

2 北海道神宮の売り子巫女

伝統で　黒髪並び　売り子巫女

北海道神宮の回廊には、神社グッズの売り場が設けられている。初詣期間ともなれば、この売り場に縁起物が並び、アルバイトの売り子が並んでいる。売り子は神社で仕事をしているので、巫女と呼んでよいのだろう。神楽を舞うような本来の巫女

1月

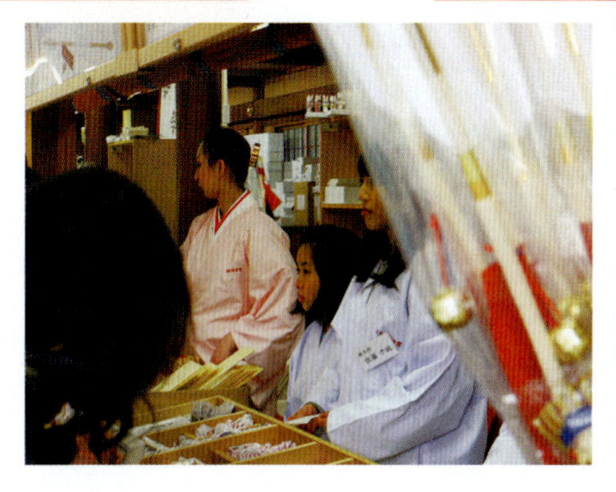

髪飾り　売り場で目立ち　主任なり

ではないので、さしずめ売り子巫女とでも呼んでおく。巫女であることの指導を受けているのだろうか、髪は染めず、日本女性本来の黒髪である。現場主任らしい巫女の装束は、売り子の白装束と異なってピンク色で、髪飾りをつけている。　(2011・1・1)

3 北海道神宮で絵馬を見る人、書く人

見つけたり　同じ願いの　絵馬のあり

　絵馬棚は幸福の掲示板である。不幸を願うことを書いた絵馬なんてなく、全部幸福の願いが手書きされて掛かっている。世の中そうはうまく行かないとしても、見ず知らずの人の願い事が溢れていて、自分の願いと重ねて見ている。大学の合格や仕事がう

1月

願い込め　書くうさぎ絵馬　卯年なり

まくゆくことなど目前の願い事であったり、好きな人といつまでも一緒に居られるように、あるいは好きな人ができるようにと、不確かな未来への願い事もある。絵馬の記入台があり、願い事を書いている姿には真剣さが溢れている。　(2011・1・1)

4 元日の三吉神社境内に咲くみくじ花

元日の　棚に咲きたり　みくじ花

三吉神社は都心に近いところにあるので、元日には多くの人が初詣に行っているかと思って寄ってみる。確かに参拝者は居るものの、予想したほどの人出ではなかった。御神籤結びを行っている初詣の人が居るのは、正月の他の神社と変わらない。この神

1月

狛犬の　牙確かめて　初撮影

社には金属製の狛犬が居て、阿形の狛犬の大きく開いた口の上あごに 4 本、下あごに 2 本の牙が見える。ところが吽形の狛犬の閉じた口には 6 本の牙が全部上あごから出ている。これが気になって、元日の狛犬の写真の初撮影である。　(2011・1・1)

5 行列を成す琴似神社の初詣

人の列
歩みの遅々と
初詣

札幌市内の神社の元日の風景を写真に撮ろうと出かけてみる。琴似神社の境内には屯田兵屋が保存されているので、元日の兵屋の写真を撮ることを考えていた。しかし、兵屋に通じる門には施錠がしてあって、入れない。これは誤算であったけれど、予

1月

狛犬も　防寒衣服　雪コート

想をしていなかった別の風景に出遭った。初詣客が、鳥居から拝殿まで、長蛇の列を作っているのである。元日の神社に人が集まることは想定していても、この人の列には驚いた。雪を背負った狛犬が、並んだ参拝者を見つめている。　(2011・1・1)

6　絵馬掛けに絵馬を見る初詣客

願い事
我が身と合わせ
絵馬を読む

神社では絵馬が売られている。購入して願い事を書いてから絵馬掛けに掛ける。初詣のときには、この絵馬掛けのところに絵馬を奉納する人、絵馬を読む人が集まる。今まで絵馬は絵馬でしかなかったけれど、どうして絵馬なのか調べてみる。元々は

1月

絵馬掛けに
奉納馬が
並びおり

神社に奉納したものは生きた馬であったのが、庶民には負担で代わりに絵に描いた馬になり、さらに馬の描かれた小板なった。板の形が5角形のものは家を表している。この齢になるまで知らなかったことは多々あるものだと思い知った。（2012・1・4）

7 初詣に出現する定番の屋台

綿飴は　祭りの定番　初詣

北海道神宮のような大社ともなれば、初詣の参拝客は長い列をつくる。この人出を見込んで境内には屋台が並ぶ。屋台には定番のものがあり、その中でもビニール袋詰めの綿飴はいかにも祭りの雰囲気である。初詣が祭りなのかどうか疑問でもあるけれど、

1月

くじ引きは　俗の御神籤（おみくじ）　品定め

厳粛な神事と賑やかな商売の俗事が、広い境内で棲み分けている。御神籤は紙切れ一枚で、これに満足しなければ屋台の籤引きがある。屋台に景品が並べられ、子どもよりも若者が品定めをしている。初詣の風景の１コマである。　(2012・1・4)

8 初詣後の赤色の目立つ神社

縁結び
絵馬から伸びて
赤き糸

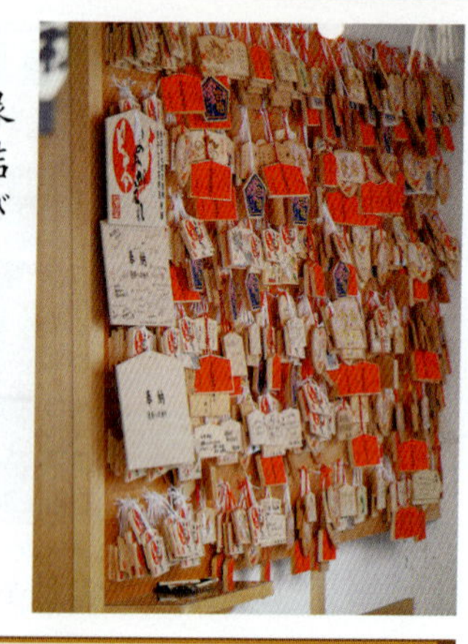

松の内も終わりに近づいた頃、平和の滝の帰り道西野神社に寄ってみる。初詣客が残していった絵馬や結んだ御神籤が人出の多かったことを物語っている。縁結びの絵馬が赤地なので、赤が目立っている。神社グッズの売り場の巫女姿も赤い袴である。古く

1月

赤マント　サンタクロース　札納め

なったお札やしめ飾りを焼却するために集めている場所があって、手渡している赤いマントの人はさながらサンタクロースの後姿である。稲荷神社ではない境内で赤が目立ち、白い雪との対比が、正月の華やいだ余韻を残している。　（2012・1・13）

9 大雪像になった「ちびまる子」

ちびまる子　声のかかりて　人気キャラ

　今年（2010 年）のさっぽろ雪まつりの大雪像の一つに、ちびまる子とその仲間たちが並んだものが出現した。北海道新聞朝刊に毎日ちびまる子の 4 コマ漫画が連載されているので、この大雪像は同紙がスポンサーになっている。新聞漫画の方はどうでもよ

2月

二十年　まる子変わらず　小学生

い場面の絵が並んでいるだけのものが多いけれど、テレビや漫画誌に登場するこのキャラクターたちは、今や国民的人気がある。雪像に20年記念の文字があり、これはこのキャラクターが誕生してからもう20年になるのを意味している。　　　　(2010・2・6)

10　サザエさんの大雪像前のサザエさん

サザエさん　子供が囲み　録画撮り

大通会場の西10丁目は、昨年はちびまる子とその仲間たちのキャラクターの大雪像であった。これが今年（2011年）はサザエさん一家となる。サザエさんは生誕65周年で、自分の歳とあまり変わらないことに驚く。当然サザエさんもその家族も、齢は止

2月

雪像と
モデルを撮りて
サザエさん

まったままである。サザエさんが高齢者になったらどんな顔になるだろうか。サザエさんのメイクをした女性アナウンサーが子供たちに囲まれ、テレビ番組の録画撮りを行っていた。大雪像と比べるまでもなく、髪型でこれはサザエさんである。 (2011・2・7)

11　赤れんが庁舎前の正統雪だるま

今年また　正統だるま　庁舎前

さっぽろ雪まつりに合わせて、赤れんが庁舎前の広場に、例年大きな雪だるまが姿を現す。典型的な正統雪だるまである。昔、単純に雪だるまを作ると、その目と口には炭を用いた記憶がある。庁舎前の雪だるまの目と口には、炭ではなく、黒く塗った板が

炭目口（すみめくち）
代用品で
雪だるま

はめ込まれているようである。この大きさの雪だるまの目と口に合う炭は手に入らないだろうけれど、工夫して炭で目と口にした雪だるまを製作して、訪れる観光客に伝統雪だるまの姿を見せるのも、意義のあることではなかろうか。（2010・2・15）

12 来客で引っ張り出される雪まつり

モデル顔　常時笑顔で　雪だるま

長いこと札幌市民であると、雪まつりから足が遠のく。この年（2015年）は研究室の卒業生徐軍君一家が中国から雪まつり見物に来札で、それに合わせて雪まつりの会場を見て歩く。赤れんが庁舎前にはいつもの年と同じく雪だるまが控え観光客の写真

2月

明明(あかあか)と　春日大社の　大雪像

撮影のモデルになっている。暗くなってから大通会場を歩く。西８丁目の会場でパノラマ写真を撮ると、春日大社中門の大雪像が写っている。近年プロジェクションマッピングが雪まつりでも採用され、この大雪像も夜にはスクリーンとなる。　(2015・2・5)

13 仲間の増えた雪ミクの雪像

鏡音（かがみね）の　リン、レン控え　雪のミク

昨年の雪ミクは一人の雪像だったのが、今年（2011年）は同僚のボーカロイドの鏡音（かがみね）リンとレンが両脇を固めている。雪ミクの元のキャラクター初音ミクを含め、いずれのキャラクターも札幌のクリプトン・フューチャー・メディア社が生まれ

2月

初音ミク　実家の傍で　雪変身

の実家となる。実家は大通公園に面してあり、雪像の場所からほど近い。昨年同様、今年もこの雪像の前での記念撮影がひきもきらない。初音ミクの雪像もお目見えである。こちらの雪像は某アニメーション学院が製作元になっている。　(2011・2・7)

14　調理師の傑作が並ぶ
氷彫刻コンクール

神々の戯（たわむ）れ姿

最優秀

　さっぽろ雪まつりは今年（2010年）で61回目となる。会場は、大通、つどーむ、ススキノで、ススキノ会場は氷像の展示場となっている。これは氷彫刻のコンクールの氷像で、ホテルの調理師たちが包丁を鑿に持ち換え、氷彫刻に腕をふるってい

野球団 人気のキャラが 氷像（こおり）

る。これらの作品から投票により優勝が決まる。今年の最優勝作品は「神々の戯れ」と題された作品で、竜と鳳凰の戯れる姿が氷で表現されている。プロ野球球団のファイターズのマスコットキャラクターも、氷の像でお目見えである。　（2010・2・6）

15 ススキノで
氷像デビューの雪ミク

ススキノで　氷像デビュー　氷ミク

雪まつりのススキノ会場には氷像が並ぶ。今年(2011年)は雪ミクの氷像が初登場である。札幌生まれのボーカロイド・キャラクター初音ミクを、札幌市が拝借する形での雪まつり用のキャラクターである。初音ミクは人気のキャラクターに成長してい

2月

雪ミクを　ケータイ狙い　人気なり

て、大雪像をはじめ、雪像は年毎に異なったものが造られる。対して、雪ミクは毎年同じキャラクターが作られ続けており、雪まつりの看板キャラクターに成長した人気者である。氷で出来た雪ミク（氷ミクか）は照明に透き通っていた。　(2011・2・9)

16 陽に輝く氷の恐竜

陽に透けて
氷恐竜
骨の無し

新聞社がスポンサーの氷の広場があって、氷の恐竜が並んでいる。恐竜のなかには、1986年にアルゼンチンで発掘された世界最古の恐竜とされる、フレングエリサウルスがモデルのものもある。脊椎が帆のようなったディメトロドンもお目見えである。

2月

帆脊椎（ほせきつい） 陽に輝いて 雪まつり

会場は高い建物で囲まれていて、高くなった陽がようやく建物の上から、氷の恐竜に差してくる。陽に氷が透けて、身体の内部が見えている。当然ながら透けた体内には骨格がなく、もし骨格を埋め込んだ氷像が作れたらこれは面白い。（2011・2・10）

17 各地の美の親善大使の集合

振袖で　寒くないかと　会話なり

雪まつりの会場に、各地から○○ミスが集合するイベントがあったとは知らなかった。美の親善大使が、紹介される順番で大雪像をバックにした舞台に出ていく。舞台に出る前の待機状態のところには見物客も集まっていないので、写真が撮り易い。

2月

ミス達に　声掛け返事　笑顔なり

ただ、横からの写真で、横向きの姿しか撮ることができない。なかには愛嬌のあるミスもいて、手を振ったり、笑いかけてきたりする娘もいる。これに応えて撮らない手はない。雪像撮影よりは、やはり表情のある人間の撮影が面白い。　(2011・2・7)

18 マレーシア広場の雪ステージでの踊り

建物に　スルタン住みしか　大宮殿

　2014 年の雪まつりの最大の雪像は HBC マレーシア広場の「スルタン・アブドゥル・サマド・ビル」である。本物は首都クアルンプールのムルデカ広場にある。雪像の大きさは高さ 18m、奥行き 20m、横幅 28m にもなる。大雪像の前は雪のステージになって

踊り子の　衣装映えたり　雪舞台

いて各種のイベントが行われる。マレーシアの民族衣装をまとったダンサーがステージで踊りを披露する。白い雪の舞台だと踊り手のカラフルな衣装が目立つ。雪の無い国から来たダンサー達に雪まつりの感想を聞いてみたいものだと思った。（2014・2・5）

19 雪まつり会場の人気ミニSL

ミニSL
母子（ははこ）も乗りて
人気なり

毎年雪まつりの大通会場にはミニSLが登場して、子ども達を乗せるサービスを行っている。滑り台と並んで、体験型の遊びのコーナーで人気がある。ミニSLにはヌードル号の名前がついている。これはスポンサーがヌードル（カップ麺）を製造する大手

2月

運転手
腕見せどころ
真顔なり

食品会社のためらしい。大人の運転手が一人やっと腰かけられる大きさのSLに牽かれた客車に、子ども達が乗って敷設された軌道を一周する。蒸気で走り、白煙を上げる演出までする。SLに興味の無い大人でも、これは見ていて楽しい。　(2011・2・7)

20 雪まつり会場ミニSLのパノラマ写真撮影

野球帽　童夢文字あり　運転手

雪まつりの大通会場でミニSL「ヌードル号」が走り見物客を喜ばせている。サイズは小さくとも石炭を焚いて蒸気で走る本格派である。蒸気の白煙をあげ、旧国鉄のSLで使われた汽笛を鳴らして走る。運転手がミニSLにまたがり、客車部分に乗客が座っ

2月

カメラ前　通過SL　二重撮り

て乗る。これは子どものみならず大人でも乗ってみたい。事実、乗客には童心に返った大人も交じる。このSL走行をパノラマ写真に撮って、動いていくSLをつなぎ合わせられず、SLの後を別のSLが追いかけるパノラマ写真になっている。（2013・2・6）

21 スノーボーダーが宙に舞う競技

空中の
一瞬広告
ボード裏

雪まつりの会場に雪のジャンプ台が作られ、アトラクションとしてスノーボードの競技が披露される。本番の競技前に公式練習もあり、スノーボーダーが次々と滑って技を披露している。宙返りの技を披露する競技者も居て、この時は観客から歓声があがる。

2月

宙に浮く
身を立て直し
着地なり

スノーボーダーが空中にある瞬間を写真に撮る。時々競技者が画面の外に出た状態でシャッターを押している。それにしても、競技者はスノーボードに足を固定されたままで、空中で身を捻ってからよく着地するものだと感心する。（2011・2・10）

22 氷の花の製作パフォーマンス

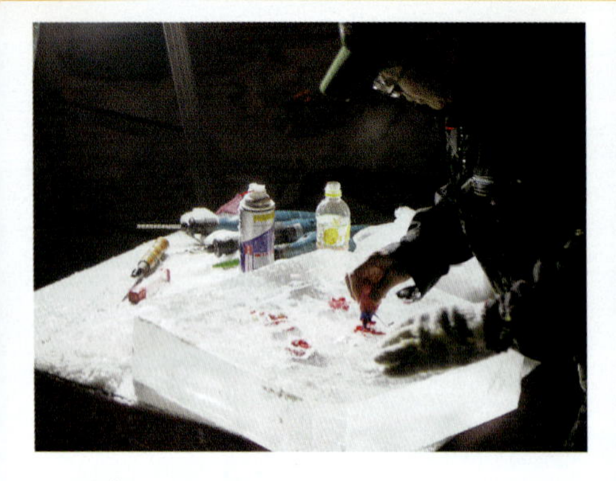

氷花　ドリルと絵具　咲かせたり

雪まつり会場で人だかりがする。氷の中に閉じ込められた花が並べられている。本物の花が氷に閉じ込めたものかと思っていると、氷の塊を相手に氷の花を作製するパフォーマンスが進行していて、製作過程を最後まで見る。特殊な刃先のドリルで氷の表

2月

魅せられて　氷の芸に　人だかり

面から内部に花弁の模様を作って、立体的に花弁を配置するようにドリルを操作していく。造形部分に絵具を浸み込ませると色のついた花が氷の中に咲く。上手いものである。パフォーマンスの様子を背後からパノラマ写真に撮ってみる。　(2016・2・5)

23 雪まつりの大雪像の解体作業

アニメキャラ　崩し作業は　後祭り（あとまつり）

客に見せるために一生懸命造っても、雪まつりの翌日には会場の大小の雪像は解体されていく。特に、大雪像の解体は重機を動かしての大仕事になる。準備期間中に雪像が次第に出来上がっていく。それが一気に解体されるところを見ると、もっ

2月

ブロンズで　明治の偉人　残るなり

たいないという気持ちの一方で、これで終わったかという安堵感みたいなものもある。破壊には一種のカタルシスがあるようで、解体作業の写真を飽かず撮っている。写真にはケプロンや黒田清隆の銅像が解体を免れたかのように写っている。(2012・2・13)

24 2009年宮様スキー大会

宮様は　ハイテクの声　ご挨拶

風景印のデザインに関する取材で白旗山競技場に行く。丁度第80回宮様スキー大会国際競技会のプログラムのうちの宮様スキーパレードの競技が行われるところを見学する。全日本スキー連盟の伊藤義郎会長の挨拶と寛仁（ともひと）親王のお言葉と

3月

低き山　市民楽しむ　スキー行

スタートの合図で、5km、10km、15kmの組に分かれて競技が開始された。好天に恵まれ、時間を競うというより、歩くスキーを楽しむといった雰囲気である。遅れてスタートした5km組の上位の走者が、時間を余りおかずに戻って来た。　(2009・3・8)

25　花畑が出現したような中島公園園芸市

手に取りて　また戻したり　花ポット

五月に入れば中島公園では一か月近く園芸市が開かれる。北国の春は戸外での花はやっと咲き始める時期なのに、公園の一画が花畑の様相を呈する。花のポットには花名と値段札がある。知っている花もあれば、初めて目にする花もある。ついつい手が

多肉種が　バイキング売り　春公園

出て買ってしまいそうになる。しかし、家の庭にもそれなりの種類の花があり、これ以上増やす必要もないかと、手に取った花ポットを戻す。多肉植物バイキングと銘打った売り場もある。ここは北国ではなく、乾いた大地の南国である。　　(2012・5・21)

26 花より団子のさっぽろ
ライラックまつり

ポスターの　祭り回数　五十四

さっぽろライラックまつりは大通公園と川下公園を会場にして行われる。大通公園にはライラックの木が400本ほどあるけれど、広い公園なのでライラックの並木や林を見る感じにはならない。多種類の開花時期をずらしてライラックの花を見るには川下公

5月

リラ祭り　花より団子　食屋台

園がよいのだが、交通の便が良くない。祭りの期間中は大通公園にはインターナショナルフードコートも開設され、祭りの気分を盛り上げる。花より団子は桜に限ったことではない。午前中の早い時間に大通会場でパノラマ写真を撮る。　(2012・5・24)

27　骨董市も出店の
ライラックまつり

花祭り　骨董市が　店開き

　ライラックの祭りなら園芸市が並ぶかと思っていると骨董市である。これは少々場違いの感じがする。それも洋服やサンダルが並べられ「骨董市」の幟と一緒では古着市のようでもある。どうしてここに骨董市なのかの違和感をよそに、客の方はそれなりに

5月

白色で　色合わせたり　花と人

足を止めて品定めをして行く。祭りなので何でもありなのだろう。肝心のライラックは満開状態でも、木をしげしげと見る人もいない。白いライラックの横を颯爽と歩いて行く女性に骨董市のワンピースを着せても似合いそうである。　(2012・5・24)

28 大通公園の景観とライラック

噴水に　垂れる花房　祭りなり

「ライラックまつり」のライラックの花と祭りの雰囲気の両方を写真に収めるのが難しい。祭りの会場が大通公園なので、ライラックを主役に大通公園の景観を脇役にして写真を撮ってみる。公園の西４丁目には噴水があり、噴水を背景にライラッ

彫刻の　滑り台見て　リラの花

クの花房にピントを合わせる。噴き上がる噴水と下に垂れる花房が好対称である。西8丁目にはイサム・ノグチ制作のブラック・スライド・マントラが公園の中央にあり、この彫刻はぼかし、祭りの主役のライラックの花を引き立たせてみる。（2012・5・24）

29「YOSAKOIソーラン祭り」の赤ふん乱舞

じかたしゃ
地方車に　学府名あり　YOSA祭り

「YOSAKOI ソーラン祭り」の頃の札幌は、春から夏になる季節の変わり目で、天候が不順である。運が悪いと、小雨がパラつく中での踊りの披露となる。北海道大学のチーム名は「縁」で、アニメ調のキャラクターを貼り付けた地方車の先導で、学生達

赤ふんで　肉食系の　意気示し

が踊る。このチームの見せ場は赤ふん（ふんどし：褌）での乱舞で、男子学生が踊りの途中で赤ふん姿になる。かつての蛮カラの学生気風を踊りに取り入れたものである。草食系男子学生と揶揄される昨今にあって、肉食系男子学生の復権か。（2009・6・13）

30 「YOSAKOIソーラン」踊りの表情

躍動の　踊る阿呆の　笑顔かな

「YOSAKOIソーラン」で披露される踊りを写真に撮って後で見ると、踊りの様々な表情が写真に固定されている。「踊る阿呆に　見る阿呆　同じ阿呆なら　踊らにゃ損々」のフレーズは、踊っている者達の気合の入った満足感溢れる笑顔を見ていると、

6月

様々な　表情並ぶ　静一瞬

確かにそうかもしれないと思えてくる。踊りの次の動作を待つ踊り手の気持ちがそれぞれ表情に表れてくるのも色々で、さあ来いといった挑み顔、上手くいくかなと心配顔、気を静める瞑想顔、茶目っ気顔と、静から動に移る一瞬の顔が並ぶ。　(2009・6・13)

31　跳びの一瞬を狙っての撮影

チアガール　跳びの一瞬　狙い撮り

踊り手が跳んだりはねたりする瞬間を写真に撮るのは難しい。チアガールのチームが出てきて、日頃の練習の成果の披露ともなると、跳ぶ動作が繰り返される。この場合、なるべくチームの全員を入れて、かつ跳びはねる動作を捕らえようとすれば、踊り手

6月

周り見て　子どもも真似る　跳び動作

が画面の上下左右からはみ出てしまう。子どもも加わっているチームでは、比較的動きが激しくなくて、シャッターチャンスの余裕が生まれる。その場合でも上手く動きが捉えられるとも限らず、何枚も写真を撮ってみることになる。　(2009・6・14)

32　一回きりの衣装の見せ場

この衣装　これが見納め　大開き

「YOSAKOI ソーラン」の参加チームは、同じチームでも毎年踊りと音楽を変える。それに従って衣装や小道具も変えている。これは中々お金のかかることで、踊り手には大変であるけれど、見る方は楽しめる。一回で終わる衣装であれば、踊りの最中に衣

踊り傘　雨傘変じ　小雨なり

装の見せ場を作る工夫もする。この時には、開いた身体で衣装を広げて観客にアッピールする。小道具を用意して、踊りの途中に取り出して踊りにアクセントを持たせるチームもある。傘を広げてみせる演出などもあり、観客を喜ばせている。（2009・6・14）

33 動作に連動する踊りの表情

それぞれの　表情並び　動きずれ

踊りの動作で身体は激しく変化する。表情もまたそれにつれて変化している。踊り手の動作が合わないと表情もずれている。ああ、間違えたとか、うまく流れに乗っているとか、これは楽しいとか、別々の表情がある一瞬に固定されて写真に記録される。

決め処　見得を強める　化粧かな

この一瞬から次の一瞬にはまた別の表情が並んでいることになる。決めの動作などが揃うと、見得を切る表情が並んでいて、決まっている、と声を掛けたくもなる。それにしても踊っている時の踊り子の見得を切る様の表情は良い。　(2009・6・14)

34 踊りの静と動で見せる表情

恍惚と　安堵のアンド　顔に出て

「YOSAKOI ソーラン」での踊り手の表情が良い。踊る人間を撮っていて、その時々に写真に固定される表情が一番面白い。踊りの流れの中で動作の「静」と「動」が入れ替わり、それにつれ表情も激しく変化していく。一瞬、決めの動作があって、静

6月

吐き出すは　内なる熱気　熱き日に

の時の表情は恍惚と安堵が重なったような表情である。これが激しい動きに変わり、顔も身体の筋肉の躍動に合わせている。内にある熱気を開いた口から放射しているようにも見える。人間好きなことをしている時の表情が一番良い。　(2010・6・13)

35 こぼれる第一級の笑顔

撮り得たり　第一級の　笑顔なり

踊っていて楽しいのだろうな、と確信できるのは踊り子の笑顔からである。こんな第一級の笑顔はそう見られるものではない。演舞の最中は表情も引き締まる。笑顔は踊りの段落のところで見られるので、この瞬間を撮ろうとする。そのタイミングを捉

楽しさは　こぼれる笑顔　札都初夏

え損ねると、笑顔は飛んでしまう。笑顔を撮るのもなかなか難しい。しかし、良い笑顔を撮れるとこちらの顔も少し笑っている。踊りの合間に見る笑顔を、言葉で表現するとなると良い表現が思い浮かばない。精々こぼれる笑顔ぐらいか。　(2011・6・11)

36 子ども達の「YOSAKOIソーラン祭り」

口開き　心の中の　声の漏れ

人数は多くはないが、子ども達も「YOSAKOIソーラン祭り」で踊りを披露する。大人達に交じって踊りに加わると、観客の目は子どもに集まる。カメラも子どもの仕草や表情を追う。子どもとは言え、踊る表情には真剣さが溢れている。大勢の観客の中

6月

表情に　余裕を見せて　年長児

で踊るのだから上手に踊らねば、の意識が子どもの心を大きく占領しているのだろう。口を開いて、何か声を発しながら踊っている。年齢が少し加わると、余裕が表情に出ているのが見られる。子どもなりに踊りを楽しんでいるようである。　(2011・6・11)

37 踊りの同期取り

練習の　成果の披露　同期見せ

　チームでの踊りでは同期が求められる。練習の大部分はこの同期取りに費やされるのだろう。進行方向に並んだ場合は、目の前の踊り手の動作に合わせるとよいので、後ろの者は比較的楽なのだろう。ただし、先頭は自分の動作が踊りの全体の流れを

6月

小雨中　同期の動作　見せ場なり

決めることになるから、責任が重い。小雨が降っているけれど、踊り手は自分の動作の方が気になり、雨のことは踊りの最中頭の中には無いだろう。同期がうまく取れ、全体が一つの動作のように見えると、踊り手も観客も充実感を感じる。　(2011・6・11)

38 踊りの瞬間の狙い撮り

飛び跳ねる　瞬間捉え　希少例

「YOSAKOI ソーラン」の動きの激しい踊りの瞬間をカメラで捉えるのは難しい。動作を見て瞬間的にシャッターを押しているつもりでも遅れがあって、踊りの方は次の動作に移っている。齢で反応速度が遅くなっているせいもある。何枚も撮ってみ

狙い撮り　動作の止まる　切れ目時

て、やっと動きを捉えた写真が得られている。デジカメのお陰で、無駄撮り写真が増えても気にならない。踊りの動作には切れ目があり、この時には動きが止まる。この静止状態を狙って撮ると、目で見ている状態と写真は一致している。　（2011・6・11）

39 踊り手の表情を追っての撮影

YOSAKOIを　子どもミュージカル　演じたり

写真は森羅万象を切り取って表現する。被写体は人それぞれの好みがある。花鳥風月あたりが最も人気がある写真の対象のようである。人の表情も面白いものである。しかし、断りもなく表情の写真を撮るのは、祭りの参加者ぐらいがギリギリのところ

6月

動き止め　踊りの決めは　笑顔なり

だろう。それも良い表情のものでなければ撮る方も撮られる方も気分は優れない。祭りでの踊り手の表情は良いものが撮れる。しかし、表情は一瞬で変化するし、写真のために踊っている訳でもないので、表情を固定させるのは難しい。　(2011・6・12)

40 賞狙いや若さの発散の演舞

意気込みの　平岸天神　賞狙い

「YOSAKOI ソーラン」は最終日に審査があり、優秀チームに各賞が与えられる。この賞を目標に1年間の練習を重ねるチームもあれば、賞を意識しないで踊る事だけを楽しんでいるチームもある。平岸天神チームは毎年入賞する強豪チームで2013年に

6月

はなおこし
華興　女子学生が　若さ誇示

たまたま撮っていた。この年は準 YOSAKOI ソーラン大賞を受賞していた。ステージで踊っていた女子学生達は「華興(はなおこし)」のチーム名で宮城学院女子大学からの参加である。こちらは踊っているだけで満足といった雰囲気だった。(2013・6・9)

41　はちきれんばかりの笑顔の演舞

若ければ　顔も身体(からだ)も　笑いたり

踊る若者の笑顔を見ていると、はちきれんばかりの笑顔とはこの状況を言っているのだと思う。笑っているのは顔ばかりではなく、身体全体が笑っているようである。笑いは健康に良いといわれるが、健康だから笑いが湧き出してくるような感じである。

6月

身体（しんたい）の　動き笑顔の　同期取り

笑顔も踊りの動作もごく短い時間に変化していく。その一瞬が写真に固定されるので面白い。笑顔は踊りの動作と同期するので、全員揃った笑顔の瞬間がある。揃った笑顔の写真を狙って、ここぞという時にシャッターを押してみる。　(2015・6・13)

42 「YOSAKOIソーラン祭り」の台湾チーム

扮装は　武将のいでたち　家将団（かしょうだん）

台湾からやって来て「YOSAKOI ソーラン祭り」で踊りを披露したチームは台南応用科技大学ダンス学科の学生達と知る。踊りのテーマは台湾の民族芸能である「家将団」の要素を取り入れているとのことで、衣装やメーキャップをこの民族芸能から取り

6月

踊り娘（こ）は　扇子広げて　目を奪い

込んでいる。民族芸能といっても台湾に渡ってきた中国本土の人々がルーツで、武将が主人公になっている。言葉が通じなくとも踊りは身体で表現する言語であり、見ていて雰囲気は理解できる。女性の踊り手は扇子を使って演舞していた。　(2015・6・13)

43 集団による踊りの高揚感

指先に　高揚感込め　空放ち

　自己の表現欲求は個人的なものに根差している。絵でも音楽でも、と書き出して音楽は異なる楽器の奏者が集まっての集団表現もあり、必ずしも独奏ばかりではない。演劇もそうか。個人では表現しきれないものを集団で表現し、集団の中の自分の持

6月

高揚感　両手で空に　放ち上げ

ち場で全力表現する。「YOSAKOIソーラン祭り」の踊りも、個人の踊りたい気持ちを集団表現している。集団なればこそ人前でも踊ってみせることができるのか。大道での一人踊りはギリヤーク尼ケ崎でもなければできない芸当である。　(2015・6・14)

44 地方車（じかたしゃ）の上の女性達

きれいどころ　顔にペイント　チーム名

大型トラックに、お立ち台や音響装置を設けた地方車が踊りのチームを先導する。地方車のお立ち台には踊りの紹介者や歌い手が並ぶ。祭りの、きれいどころや音曲の演奏者が山車（だし）の上に並ぶ流れを踏襲しているのだろう。地方車に並ぶきれいど

6月

掛け合いの　語り踊りの　前座なり

ころは踊りのチームと衣装やメイクを合わせるのが一般的である。チームの名前なのだろうか「蛍」の文字のフェースペインティングが女性の顔に見える。踊りの始まる前に掛け合いの語りがあり、観衆へのサービスと景気付けである。　(2011・6・12)

45 祭りでの女性の力仕事

巨大旗
振る筋肉に
バラ絵なり

(2011・6・12)

最近草食系男子の言葉を聞く。その対語で肉食系女子までは行かなくとも、草食系男子に代わって、祭りでの力仕事をしている女性がいる。踊りの集団の後尾に控え、雰囲気を盛り上げる巨大旗を振り回す役目を女性が受け持っている。旗竿を両手で

6月

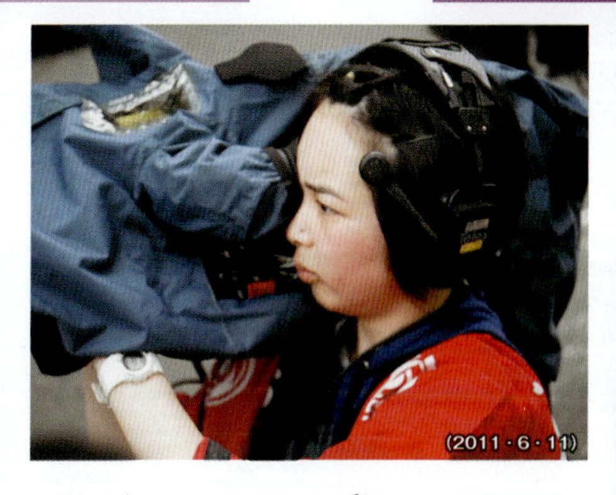
(2011・6・11)

踊り追う　カメラに覆い　小雨なり

持ち、気合を入れて旗を持ち上げる女性の全身の力強さにはほれぼれする。テレビ局の女性カメラマン（ウーマンか）が重そうなカメラを持って踊りの集団を追いかけている。カメラマンは男性の仕事と思っていた先入観念が吹き飛ぶ。

46　大学生グループの旗と女子学生の旗振り

さらし巻き　旗の振り手は　女学生

「YOSAKOI ソーラン祭り」では、踊り手が主役である。脇役として旗振りがいる。しかし、この旗振りは脇役にしては体力と技量が要求される。旗は大きく重いので生半可な力では持ち上げることも、まして振ることもできない。長崎大学の「突風」と

6月

理科大は　龍も踊りて　旗衣装

「瞬」と大書された旗を振っている一人は、女子学生であったのには驚いた。全国の大学からの参加グループも増えたようで、東京理科大の踊り手グループの旗は龍を染め抜いた立派なものである。衣装の方も龍の文字をあしらっている。(2011・6・11)

47　見応えのある勇壮な旗振り

拍子取り
持ち上げ旗の
重さかな

「YOSAKOI ソーラン祭り」は、観客の目を惹きつける仕掛けとして衣装と踊りの振り付けがあり、毎年新しくして工夫を凝らす。これに対して、工夫にはあまりこだわらず、多分毎年同じと思われる旗が、踊りの最後尾で振られている。大きな旗の

6月

風神と　雷神踊る　旗の中

旗振りは、力持ちの男性が受け持つことになる。「クワザワグループ」の文字の染め抜かれた旗を、バランスを取りながら持ち上げ、振っている。迫力がある。風神、雷神が描かれているのは「屯田舞道神」の旗で、こちらも大きなものである。（2011・6・12）

48 旗振りが 主役に見えてくる迫力

旗振りが　主役に見えて　力技

「YOSAKOI ソーラン祭り」では踊り手集団が主役の座を占め、チームの最後尾で旗振り役は脇役の認識である。しかし、旗が巨大になると旗振りが主役に見えてくる。垂直に立てると十メートルは超えるのではなかろうかと思われる旗を持ち上げて振

6月

集団を　離れて踊る　旗振り手

るには、力とコツがいる。拍子を取って旗竿を持ち上げ、風に乗せるようにして旗を振る。旗振りはチームの特別な存在で、全員が揃った動作で踊る最後尾で、異質な踊り手に見える旗振り役が、踊り全体を引き締めている演出である。　(2013・6・9)

49 地方車（じかたしゃ）が消えたパノラマ写真

地方車は
踊り先導
櫓（やぐら）なり

「YOSAKOI ソーラン祭」の各チームは、チームの櫓となって歌い手を乗せ、踊りの先導役となる地方車と呼ばれるトラックを用意する。パノラマ写真撮影では、撮影時間の異なる写真を貼り合わせて一枚の写真にするため、動く対象は位置関係がずれる。

6月

カメラマン　消えた地方車　追い走る

周囲の観客を除いて踊りが写るようにする写真の貼り合わせ細工もあり、実際には写っているはずの地方車が全球パノラマ写真から消されている。画面に写っているカメラマンは、地方車の後を追って走りながら踊りを撮影する。　(2016・6・12)

50 北大チーム「縁（えん）」の休憩パノラマ写真

女子学生　「縁」のチームに　交じりたり

「YOSAKOI ソーラン祭り」で、集団で踊っている状態を見物席からパノラマ写真に撮るのは難しい。踊りの合間にチームが休息を取っているところなら比較的容易に撮ることができる。「縁」と染め抜いた法被を羽織ったチームを見かける。北大の

法被着て　赤フン集団　準備なり

チームで女子学生も交じっている。このチームの見せ所は最後に赤フンになって踊る場面である。多分恵迪寮生の伝統の赤フン姿でのストームにヒントを得た演出だろう。2016年はファイナル審査まで行って、優秀賞を獲得している。　(2016・6・12)

51 北大祭での
キャラクターに扮した踊り

着ぐるみが　不動で控え　意味不明

　北大祭では色んなパフォーマンスが行われる。どこの学生グループが何の目的でやっているのかはわからないけれど、観客は見て楽しんでいる。思い思いのコスチュームで踊っているグループがある。しかし、パフォーマンスが意味不明のものもあ

6月

初音ミク
札幌生まれの
人気キャラ

る。踊りの最中、不動の着ぐるみがいて、このキャラクターもその役柄も不明である。ただ、踊り手の中には、札幌生まれのボーカロイドを可視化したキャラクターの「初音ミク」に扮したものも居て、大学生にも人気の仮想歌手である。　(2011・6・5)

52 バイオガスで沸かした足湯

森足湯　文字に惹かれて　覗く湯屋

　農学部と理学部の間のローンのところに足湯の看板が出て、小屋が見える。何で大学祭に足湯なのかと思って、近づいて学生の説明を聞く。バイオガスで沸かしたお湯がミソなのである。バイオガスは家畜、特に牛の排泄物からメタンガスを作り、これ

6月

(2011・6・4)

足元の　湯を温めて　バイオガス

を燃焼させる。このエコエネルギーに関する研究のさわりを足湯で披露する意図である。お湯は別のところで沸かしたものを運んできている。足湯に入れるヒバなどの木材の砕片が並べてあり、これも廃材利用の研究の一環のようである。　(2011・6・3, 4)

53 大学祭で賑わう北大構内

祭りでは　観光名所　主役降り

6月

札幌市民に親しまれている行事で、十指に入るものに北大祭がある。祭期間中は広い構内は市民で賑わう。北大の象徴的建物の古河記念講堂やクラーク像は祭に訪れる人のお目当てではない。構内の南北に延びるメインストリートに人が集まる。通りの両側に模擬店が並び、留学生がお国自慢の食べ物を作って客を呼ぶ。留学生はこの機会を利用して家族総出で祭に参加しているようだ。テントの後ろで外国人の子ども達が遊んでいる。日本人の学生達も模擬店を出し、初夏の構内で若さを発散させている。　(2016・6・5)

留学生　家族総出の　学府祭

54 円形歩道橋から見た祭りの山車（だし）

橋アーチ
水穂大橋
山車の先

北海道神宮例大祭の最終日を飾る行事として神輿渡御がある。いつもの年は北海道神宮を出発して、同神宮に戻る。今年（2011年）の神輿渡御は、白石区の大規模商業施設の前を出発し、神宮に戻るコースが選ばれた。途中円形歩道橋を通過するので、

6月

歩道橋
見下ろす山車の
華やかさ

円形歩道橋に上って見ていると、山車が車の上の人形を歩道橋とぶつからないように、車内に取り込みながら歩道橋の下を通過していく。行列は南郷通を水穂大橋の方に向かって進む。その後、札幌夕張線に折れ一条大橋で豊平川を渡る。（2011・6・16）

55 終日ひたすら歩く女衆（おなごし）

錫杖（しゃくじょう）を 身体（からだ）で消して 手品見せ

神輿渡御で花笠を背負って歩く女衆の役目と由来が良くわからない。しかし、若い娘が行列に加わると華やかである。現代生活では長距離を歩くことが少なくなったので、終日の徒歩行進は疲れるのではなかろうか。沿道の観客に笑顔を見せて行進するパ

現代風　女衆(おなごし)髪は　茶髪なり

レードとは異なるので、表情が乏しくなるのは仕方がない。写真では手に持つ錫杖が写っておらず、重いので持つのを止めたのかと思ったがそれはなく、身体に隠れてある。行列に加わる女衆でも髪は現代風で茶髪に染められている。　(2012・6・16)

56 祭りの風景の中の母子

(2012・6・16)

思い出は　母の膝上　稚児の役

子どもにとって後々まで記憶に残る祭りの思い出とは何なのだろうか。選ばれて幼い兄妹で稚児行列に参加してくたびれたことだろうか。その際、母親が膝の上であやしてくれた感触が意識の下に蓄積するのかもしれない。屋台で、売り子のお姉さん

6月

(2012・6・15)

金魚掬い　母の言葉で　品定め

に客扱いを受け、初めての体験となる金魚掬いもあるだろう。傍には母親が控え、金魚の品定めを手伝ってくれる。どんな思い出でも傍に母親が居た事実が記憶を補強してくれる。祭りは、子どもにとっては母親との絆を強める機会である。

57 親孝行の稚児(ちご)行列

子が話し　親が声かけ　稚児の列

神輿渡御の行列には稚児行列が加わる。長時間の行進となるので、稚児とその親は人力車に乗って行く。沿道に見物客がつながっていれば緊張感も増し、人力車に乗っていても疲れるだろう。居酒屋の「親不孝」の逆さ看板を視界に入れて行列は通過して行

6月

稚児と親
逆さ看板
視界外

く。看板の心は、親不孝が逆になっているので、親孝行である。稚児たちも行列を見ている子ども達も、子どもであるだけで看板の設置通り親孝行である。子どもの時代を過ぎると、看板が回転して親不孝に近づくその回転角度が気になる。　(2012・6・16)

58 赤、白、黒の祭りの基調色

巫女神官
紅白と黒
基調色

北海道神宮例大祭の色は紅白と黒である。巫女の装束は紅白で、これに髪の色の黒が加わる。巫女が髪を染めて茶色になると、これは祭りの色からの逸脱である。赤い狩衣（かりぎぬ）に黒い冠の装束で身を固める神主も居る。巫女の髪飾りや祭具は、

6月

白黒の　衣装ひき立て　鼓笛隊

黄色や金色となり、祭りの脇役の色である。神輿渡御に行列の部分を構成する鼓笛隊の衣装は黒に白の鉢巻や襷(たすき)で、こちらは黒白が基本の色となっている。笛を吹く女隊士の横に、交通整理役が居て、羽織った目印の色は黄色である。(2012・6・16)

59 神輿渡御を見守る石の動物

寺門外　ライオンも見て　神輿渡御

神社や神社と混交したような寺の境内に睨みを効かしている定番の動物は狛犬である。稲荷神社では狐となる。しかし、ライオンの石像が寺の境内にあったりすると意表を衝かれる。豊平区の浄土真宗の慧林寺の境内には４匹のライオンが背中合わせになっ

6月

お洒落犬　休む神輿を　護りたり

た石像があり、北海道神宮の例大祭の神輿渡御の行列が寺門の前を通過していくのを見守っている。神輿の行列は頓宮で昼休みとなり、一時安置された4神の神輿を、お洒落な巻き毛の狛犬が、古い軟石製の狛犬と一緒に護っている。（2012・6・16）

60　北海道神宮境内の猿回し

演技間（かん）　馴れた様子の　間合い取り

例大祭の行われている北海道神宮の境内で猿回しの見世物が行われている。子ども達や親が見守る円陣の内で芸を披露する。猿も場馴れしていて、猿使いの指示で演技から次の演技の間合いを上手く取ったり、時には観客の笑いを誘ったりもする。竹

6月

竹馬は　危なげなくて　得意技

馬なんかも上手く乗りこなす。最近の子どもは竹馬に乗って遊ぶことはないだろうから、猿回しを見て竹馬の存在を知ることになるのかもしれない。面白がって見ていると、最後には見物料を要求されるから、適当なところで場を離れる。　(2012・6・15)

61 神輿渡御の祭列を見る人 追っかけで撮る人

祭列を　追いこす車　初夏の街

神輿渡御の祭列は大きな通りの車道の片側１車線分を占有して行進して行く。残りの車線を自動車が行き来する。神輿を中心に隊列を組んで歩く人も、それを追い越す車も、さらに交通整理を行う係りも、当事者達は大変そうである。祭列の後ろから望遠で

6月

人垣に　幟（のぼり）の行進　大鳥居

撮る。一方、沿道で見ている人は思い思いの場所で行進していく祭列を見守る。大鳥居の付近でパノラマ写真を撮ると見物客の後ろ姿ばかりが写り、祭列は遮られる。見物客より高い幟が見え、幟が行進していく様子が写ることになる。　(2013・6・16)

62 神輿渡御の行進を待つ祭列

祭神の　お供の人の　スニーカー

神輿渡御の祭列の出発時刻が迫る。装束で身を固めた神輿の担ぎ手、旗持ち、飾り盾持ちとそれぞれの分担に分かれ、出発を待っている。行列の人の足元を見ると、地下足袋、草鞋（わらじ）、草履、運動靴と様々である。スニーカーで神輿渡御の祭列参加は

6月

白馬牽く　祭列の馬車　女性御者

少しばかり興趣を欠く。馬車に乗る神職者や人力車に乗る氏子代表者も出発待ちである。白馬に牽かれた馬車に目をやると、御者が女性である事が確認できる。馬車に乗っている神職者が携帯電話を使っているのも現代の祭と言えば言える。（2014・6・16）

63 神輿渡御出発前の一休み

スマホ見る　足元に箱　渡御募金

神輿渡御は、特別の事がなければ北海道神宮から近くの北一条通の大鳥居前まで神輿が運ばれ、ここで隊列を整えて出発する。神宮の境内の大鳥居前には４祭神の神輿が置かれる台が用意され、祭列に加わる関係者が白装束で待機している。手にはス

車夫待機　宮司休みて　神輿渡御

マホがあって、待ち時間にスマホ操作に余念が無い。北一条の大鳥居のところには人力車が並び、これに載って神輿渡御に加わる宮司らが装束姿で出発を待っている。さすがに宮司らの手にスマホは無い。沿道に見物客が集まって来ている。（2015・6・16）

64　北海道神宮例大祭
宵宮祭

参道や　灯(あか)りの点(とも)り　宵宮祭

北海道神宮の例大祭は毎年 6 月 14 日～ 16 日に行われる。期間中に多くの市民が境内を訪れる。境内入口の大鳥居から神門まで広い参道が続き、参詣者が歩を進める。近年は外国人観光客の姿も見かける。祭の最終日の 16 日は祭神の神輿を中心に隊列を組

6月

半月や　祭神神輿　テント内

んで市内を行進する神輿渡御が行われる。祭神は大国魂神、大那牟遅神、少彦名神、明治天皇の４神である。祭の期間中、神輿は境内のテント内に鎮座して、参拝客が自由に見ることができる。撮ったパノラマ写真に半月の月が写っている。（2016・6・14）

65 夕闇が迫る
北海道神宮境内の夜店

人多く　ジグソーパズル　夜店景

夕闇が迫る中、北海道神宮例大祭の夜店の様子をパノラマ写真に撮る目的で神宮の境内に足を運ぶ。人混みと暗くなり始めた周囲の状況でパノラマ写真撮影には条件が良くない。それでも幾枚か撮ってみる。普通の写真はその場で写り具合を確かめら

夕闇と
屋台明るさ
反比例

れるけれど、全球パノラマ写真では、パソコンで写真の貼り合わせを行ってみないと、上手く撮れているかどうかわからない。その点が不便であるけれど、写真の合わせがジグソーパズルをやっている感覚もあって、面白いと言えば面白い。　(2016・6・14)

66 食べ物が誘う祭りの境内の屋台

食べ物の　屋台の並ぶ　大社なり

祭りの屋台には色々な食べ物が並ぶ。焼きそば、焼き鳥、クレープ等は定番である。生ビールは大人用、幼い子にはかき氷や綿飴か。若者にはフランクやポテトチップスが好まれるようである。「イタリアンスパボー」なるものがあった。この食べ物

スパボーは　スパゲッティ棒　新知識

はわからなくてネットで調べると、スパゲッティを油で揚げたもので、スパゲッティの棒を縮めたものだそうである。親子連れもカップルも、一人歩きで写真を撮っている著者も屋台の食べ物の品定めをしながら、祭りを楽しんでいる。　(2016・6・14)

67 雨に見舞われた花フェスタ

小雨日も　訪れる客あり　花フェスタ

6月

花フェスタの会期は１週間以上になるので、期間中雨にもなる。開幕の翌日は時折の小雨である。この程度の雨ならパノラマ写真撮影にもそれほど支障がなかろうと会場に出向く。晴れていた方がイベントにも写真撮影にも良いに決まっているけれど、花が相手なので多少の雨なら気にならない。雨模様の中でも訪れた花好きは買い求める花の品定めを熱心にしている。ただ、天気の良い時なら子ども達が素足になって遊ぶ円形のなだらかな壁泉に人影はなく、写真撮影の点では物足りない。

(2015・6・28)

壁泉(へきせん)に　遊ぶ子ら無く　花行事

68 初夏行事として定着した札幌花フェスタ

初夏行事　定着したり　花フェスタ

六月の下旬から7月上旬にかけて開催される札幌花フェスタは、今年で24回目となり札幌の行事として定着している。札幌の初夏の風物詩の一つとしてパノラマ写真に記録しておかなければ、と出掛ける。花フェスタでは出店の花に目が行くが、この時

6月

花フェスタ　花屋の上に　ユリ木花

期大通公園のユリノキも花を咲かせている。パノラマ写真では花が小さく写って、写真を拡大して辛うじて花の存在が認められる。ここはやはり望遠レンズに頼るしかない。拡大して撮ったユリノキの花は名前の通りユリの形をしている。　(2016・6・27)

69 花フェスタに合わせて開催のフラワーカーペット

花弁（はなびら）が　明るさ補い　小雨空

第１回目のフラワーカーペットは北海道マラソンに合わせたスケジュールであったけれど、２回目からは「札幌花フェスタ」の期間中に行われるようになる。この方が両イベントで訪れる人が重なり合う。市民ボランティアが用意された花束から花弁を摘

花絨毯　アイヌ模様や　道都なり

み取り、下絵に添って並べていく。花弁の数が膨大になり多数のボランティアによる大作業のようである。花弁カーペットにはアイヌの模様も加えられ、北海道のイベントを演出している。訪れた日は小雨で傘を差す人の姿もあった。　(2015・6・28)

70 定着したイベントの
フラワーカーペット

アカプラ
AKAPLAの　文字も見えたり　花絨毯

フラワーカーペットも３回目となれば定着したイベントになってきた。花絨毯の中央に英字の「AKAPLA」が読み取れる。一般公募で2014年に採用された、赤れんが庁舎前の北３条広場の愛称である。「赤れんがプラザ」を縮めたもので、「アカプラ」

6月

火挟(ひばさ)みで　花の熾火(おきび)を　摘まみたり

と呼んでいる。風で花弁が混じり合わないように、スタッフが常に回っていて、火挟みのようなもので花絨毯の形を整えている。花絨毯を作るのも、出来上がったものをケアするのもボランティアでその協力無しではイベントは立ち行かない。（2016・6・19）

71 ガーデニングの技を競う高校生

アルパカは　絵本の里の　来訪者

　花フェスタでは道内の高校生が活躍する。「北海道農業高校生ガーデニングコンテスト」で、各高校からの作品が並ぶ。コンセプトを決めて花や付属の飾りで、それぞれ掲げたコンセプトを表現してガーデニング技を競う。作品が入賞したか否かは二の次

6月

公園に　花と鏡の　異空間

にして、高校生の感性溢れる作品はいずれも見応えがある。アルパカが大通公園に現れても、「絵本の里けんぶち」なら絵本の世界で何の違和感も無い。成功しているかどうかは別にして、異空間の体験の場のコンセプトの作品もある。　(2016・6・30)

72 カルチャーナイトの
ミュージカルソー演奏

音出して　のこぎり楽器　講義なり

　カルチャーナイトで京王プラザホテルの結婚式場でキッコリーズの無料演奏会があり、初めてミュージカルソーを目にした。演奏者はカボウさんで、ボーカル兼務でのこぎりも演奏していた。弓でのこぎりを擦って演奏する。バイオリンの演奏に似ていると

7月

演奏は
のこぎり反らし
弓で弾き

ころもあって、耳で音階を聞き分けると同時に、手にした弓とのこぎりの反らし方の微妙な制御を行って必要な音を作り出している。音は当然ながら金属板を擦った高い音であるけれど、演奏が上手であると楽器としてはすばらしい。 (2009・7・17)

73 カルチャーナイト
道警音楽隊コンサート

音楽隊　カルチャーナイトの　主役なり

カルチャーナイトでは、普段入ることのできない場所を選んで行ってみる。北海道警察本部の1階のロビーでは道警音楽隊のミニコンサートが行われている。見学に来ている子ども達へのサービスで、アニメのアンパンマンのテーマソングなども演奏さ

カラーガード　女性隊員　華を添え

れていた。音楽隊が聴衆の聴覚を楽しませるのに対して、視覚に訴えるものとしてカラーガード隊があり、両隊が一緒になって演奏を盛り上げる。カラーガード隊のコスチュームに身を固めた女性隊員が音楽に合わせて演技を行っていた。（2011・7・15）

74 音を聞いていない SAPPORO CITY JAZZ

ジャズ世界　異界に入る　人並び

　この夏のイベントは2007年に始まっている。大通公園や札幌芸術の森のステージで1ヶ月半近くにわたって開催されている。大通公園西2丁目のところにはホワイトロックと呼ばれる球状大型テント内にステージが設けられている。音楽ファンでも、

7月

看板に　アーティスト居て　夏興行

ましてジャズファンでもないので、このイベントの音のカケラも耳にしていない。多分、ステージは撮影禁止と思われるので、テントの入口のところを撮っただけである。同時進行の恒例のPMFの音楽イベントも足を向けたことがない。　(2011・7・15)

75 今年も中止の豊平川イカダ下り

刀抜く　見せどころ無く　中止なり

豊平川のイカダ下りを一度見てみたかった。この夏のイベントは1975年から始まって、今年で37回目となる。こんなに続いているイベントなのに、一度も現地で見たことがない。昨年（2010年）は中止だったので、今年こそはと幌平橋の近くの河川敷に

7月

見せ損ね　親父の会の　底力

出向いてみる。参加のイカダが並んでイカダ乗りチームの方は集まっているけれど、見物客はまばらである。開会式が始まって、主催者から豊平川の増水により中止の発表である。イカダを作ってこの日に備えていた参加者には気の毒である。　(2011・7・17)

76 夏本番を実感するビアガーデン

開店前　明治の偉人　店見張り

2016年のさっぽろ夏まつりのビアガーデンが始まったとの新聞記事を見た翌日、月一で行っている勉強会に出席の道すがら、大通公園の会場を歩く。西10丁目は「世界のビール広場」でギネス（アイルランド）、レーベンブロイ（ドイツ）、カールスバー

7月

銘柄を　示す星あり　大テント

グ（デンマーク）等のビールが味わえるとあるが、開店前で客の姿は無い。西８丁目はサッポロビールの大テントが設営され、仕事の時間に縛られないビール好きで早い時間から席が埋まっている。札幌はビアガーデンで夏本番である。（2016・7・21）

77　音楽と打ち上げ花火が楽しめる旭山音楽祭

暮れなずむ　ビル街背負い　大合唱

旭山公園の段差を利用し、札幌の夏の夜景を借景にステージが設けられ、旭山音楽祭が毎年行われる。市民手作りの音楽祭で、暮れ行く札幌の市街地を背景に、歌い手の市民の大合唱団がステージに並ぶ。本州では猛暑が伝えられるなか、夜風で寒いくらい

7月

目に花火　耳にオペラで　旭山

の芝生席でゆったりとスペースを確保して大合唱を聞く贅沢は、札幌市民が誇れるものである。これに豊平川での花火大会の打ち上げ花火を見る余禄が加わる。花火の日本情緒とステージのオペラの歌声と、これは総合舞台演出である。　(2009・7・24)

78 公園の芝生テラスから撮る音楽祭

開演時　空明るくて　ファンファーレ

札幌の夏の風物詩になっている「さっぽろ旭山音楽祭」は、旭山記念公園のテラスを観客席にして行われる。市民団体が主催で、今年（2011年）で24回目を数えている。芝生のテラスからステージに勢ぞろいしたオーケストラと合唱団、陸上自衛隊の音

7月

演目が　進み照明　目立ちたり

楽隊を見下ろし、開演である。開演時の札幌の空は未だ明るく、空の下に少し夕日色になった札幌のビル街が見えている。演目が消化されていくと、空は夕日の色が濃くなり、ステージの照明も次第に明るさを増し、夜の演奏会に入る。　　(2011・7・29)

79 テント内で演奏する
オーケストラ

小雨でも　テントが護る　オケラなり

さっぽろ旭山音楽祭は合唱や独唱、独奏が主体であったところ、今年（2011年）はオーケストラが加わった。オーケストラ（オケラ）は2003年に生まれた「HARUKA」である。オケラの野外演奏は、雨天の事もあり難しそうである。音楽祭は小雨決行

熱唱の　カルメンの居て　オペラなり

とあるから、楽器が濡れないようにステージにテントが張られ、その中で演奏していた。オペラのカルメンが演じられ、カルメン役は韓国から来札の李娥景さんで、熱唱していた。よく耳にする曲なので楽しめた。指揮は三河正典氏である。（2011・7・29）

80 子どもに人気のサイエンスパーク

大人でも　作りたくなる　化石かな

夏休みに入った子ども達を対象にした「サイエンスパーク」と銘打った催しが2013年よりチ・カ・ホで行われていて、科学のイベントとして定着したようだ。主催は北海道と道総合研究機構（道総研）である。たまたまチ・カ・ホを歩いていて、体験コー

7月

子の未来　科学支えて　展示会

ナーや展示コーナーに立ち寄る。大人が見ても面白いものがある。化石のレプリカを作るコーナーとか雪の結晶作りも行われている。道総研所属の各研究所が主体のイベントであるけれど、工業高専や企業、その他の団体からの参加もある。　(2016・7・28)

81 雨に見舞われた道新・UHB花火大会

花火客　雨に打たれて　風物詩

8月

札幌の夏の風物詩の道新・UHB花火大会は開催が3日間延期で8月2日に開催されることになる。花火大会の会場である豊平川河川敷の近くの地下鉄駅に向かう見物客で地下鉄は混み合う。当初の予定の土曜日だったら、この混雑はさらに増しただろう。豊平川の土手の自動車道路は通行止めで、人の列が埋めている。花火大会の1時間ほど前から雨が降り始め、次第に強まって雨具を用意していなかった人が帰り始める。傘やカッパの人にも強い雨は容赦なく降り、花火大会は台無しである。（2016・8・2）

不安定　大気気まぐれ　雨花火

82 ホテルの玄関先に退避する花火大会の客

雨宿り　スマホ出番の　ホテル前

花火大会を豊平川河川敷の会場で見物しようとして集まった客は、激しい雨で会場近くのパークホテルの屋根付き玄関前に退避する。浴衣姿の若い男女も居て、楽しみにしていたイベント参加に文字通り水を差された。主催者もこの悪天候でイベント

8月

エンブレム　花火に映えて　ホテルなり

を行うかどうか判断に苦しんだだろうが、雨の方が小降りになり、開始予定時刻には遅れたものの、花火は打ち上げられた。ホテルの玄関前に雨宿りをしていた人は玄関前の広場に集まり、空に一瞬咲く閃光の花を見上げて歓声の声も挙がる。(2016・8・2)

83 2008年北海道マラソン

(高見沢勝)

優勝は　千万の汗　道都夏

8月31日に行われた北海道マラソンでは男子の部で高見沢勝（佐久長聖教員ク）が優勝した。この日の札幌は盛夏に戻ったような暑さで、ランナーも応援する方も汗が噴出していた。男子の優勝者のタイムは2時間12分10秒で、写真に写っているデジタ

8月

(佐伯由香里)

小柄な娘　女神ニケ居て　像のボケ

ル時計表示は2時間11分55秒で、中島公園のゴール直前である。女子の部の優勝者は佐伯（さはく）由香里（アルゼ）で北海道マラソン初出場の十九歳である。走っている姿が写真でぼけたのは、勝利の女神ニケが重なっているせいにした。(2008・8・31)

84 北大構内で撮る 2009年北海道マラソン

（ダニエル・ジェンガ）

一番で　構内通過　優勝者

今年（2009 年）の北海道マラソンは 8 月 30 日（日）で、この日は衆議院議員総選挙日でもあった。今年は新しいコースとなってゴールは大通公園で、その前に北大構内がコースの見所の目玉で設定された。クラーク像と古河記念講堂の前を横切って選

8月

（嶋原清子）

伝統の　講堂の横　走り抜け

手が走っていくのにカメラを向ける。最初に現れたのはダニエル・ジェンガ（ヤクルト）で、そのままリードを保って2時間12分3秒で優勝した。女子は嶋原清子（セカンドウィンドAC）で2時間25分10秒の大会新記録であった。　(2009・8・30)

85 完走率の高かった 2015年北海道マラソン

夏マラソン　戦う相手　気温なり

北海道マラソンは国内では唯一夏のフルマラソンである。2015 年は 1 万 4 千人を超す出走者がいて、この数の走者がスタート地点の大通西 4 丁目の東西南北の道路に集結してスタートを待つ光景は壮観である。出走待ちの走者の中に入ってパノラマ写真を

8月

スタート時　車に代わり　走者列

撮ることもできず、選手を取り巻く見物人の背後からの撮影となる。2015年の大会は快晴で、日差しが厳しいので完走率が下がるかと思っていたら、過去6番目に高い80%を超える完走率で、1万2千人近い走者がゴールに着いている。　(2015・8・30)

86　30回目の節目大会の
2016年北海道マラソン

スタート前　影で加わる　我も居り

8月

2016年の北海道マラソンは30回目の節目の大会である。天気にも恵まれ、スタート地点の大通公園4丁目はランナーで埋め尽くされる。フルマラソンは1万6千人余り、11.5キロのファンランには3千人が参加で、車イスマラソンも同時開催となる。少し早目にスタート地点に行って出走のため待機中のランナーをパノラマ写真に撮る。記念撮影をする人、お互いの健闘を祈念し握手する人、地面に座ってスタートを待つ人、1枚のパノラマ写真にマラソン“命”の人やマラソンを楽しむ人々のそれぞれの姿がある。　(2016・8・28)

0キロで　座るランナー　溢れたり

87 のんびり走る北海道マラソン
ショートコース

走る人　並ぶ人居て　不思議なり

8月

北海道マラソンの北大コースから外れ、平成のポプラ並木から石山通方向に目を向けると、遠くにランナーが見える。望遠レンズで撮ってみると、走っているランナーと並んでいるランナーが居る。走っているのはわかるとして、行列を作っているランナーが解せない。何かと近づいて見ると簡易トイレに次々とランナーが並ぶ。11.5キロのショートコースの「ファンラン」のランナーで、スタートから未だ30分は経っていないのに、もうトイレタイムかと、こののんびり走りに意表を突かれる。

(2016・8・28)

気楽さは　トイレに並ぶ　同好走

88 2016年北海道マラソンの優勝者

優勝者　予想しながら　走者撮り

8月

マラソンの優勝者を撮るのはフィニッシュ地点に近い方がよい。しかし、そのような場所は人で混み合っていて上手く写せるかどうかわからない。フィニッシュ地点から3km余り離れた北大構内の入口のところで優勝者を予測して撮る。男子の優勝者は木滑良(三菱日立パワーシステムズ)選手で2位以下を引き離して走っていく。優勝者になる確信をもって写す。女子は吉田香織(IEAM RxL)選手で、二番目で通過していった。表情から優勝者になりそうなので撮っておき、当たりとなる。(2016・8・28)

学府口　警備員居て　走者待ち

89 2014年初回開催のフラワーカーペット

アカプラは　花の絨毯　新行事

札幌のフラワーカーペットは札幌市北３条広場(アカプラ）のオープニング記念として2014年８月に第１回目が開催されている。世界的にはベルギーの首都ブルッセルで行われる２年に１度の大きな祭典が有名である。札幌初のこのイベントは北海道マラソ

庁舎より　花に目が行く　新広場

ンとも重なり、片や走者の動きを望遠レンズで追いかけ、一方のフラワーカーペットはレンガの地面に展開された花弁の造形をパノラマ写真に撮ってみる。花弁は風があると飛び散るので、スタッフが常時飛び散った花弁を回収していた。　(2014・8・31)

90 大道芸の祭典「だい・どん・でん」

演技者は　緊張すると　前口上

札幌の行事は９月はメジャーなものがない。それでも大道芸の祭典と銘打って「だい・どん・でん」が土日の２日間、札幌駅前通と南１条通の歩行者天国の車道ステージで行われる。2001 年から開催されていて、16 回目（2016 年）に初めて見に行く。

9月

市電音　三味線の音（ね）に　席譲り

主催者のHPに「大（だい）道芸で、まちをどん（どん）でん（でん）返しする２日間」と説明がある。アクロバティック、ジャグリング、パントマイム、三味線、フラダンスと車道のステージに観衆を集めてパーフォーマーが演技を披露する。（2016・9・4）

91　北海道の食を楽しめる「さっぽろオータムフェスト」

これからが　勝負どころと　売り子立ち

「さっぽろオータムフェスト」は大通公園を会場にした北海道食の祭典で道内各地の味覚が楽しめる。2016年は9月9日から10月1日までの約3週間で、200万人の来場者を見込む道都の秋の大イベントである。パノラマ写真を撮るため、人の混雑を避けて

9月

ちらほらと　飲み人の居て　開店時

開場早々に出掛ける。大通６丁目は「はーべすとキッチン」の店舗が並ぶ。店先の売り子はこれからが勝負と真剣な眼差しである。「大通公園７丁目バー」と銘打った一画にビールや道産ワインの店が開店で、午前中から飲む人の姿がある。　(2016・9・14)

92 国旗で国を当てながらの世界の食の広場

マイバウム　世界演出　食広場

大通公園11丁目には札幌の姉妹都市ドイツ・ミュンヘン市から贈られたマイバウムが設置されていて、中国の姉妹都市瀋陽市の広場もあり、イベントでは世界がテーマとなるものが集められる。「さっぽろオータムフェスト」でも「ワールド・フード・パー

国旗見て　国と料理の　再確認

ク」の会場となり、各国の料理が供されている。国毎の国旗が看板に描かれているので、国旗からどこの国か当ててみる。名前を良く知っている国でも案外と国旗を知らない場合も多い。その国の食べ物に至ってはなおさらである。　(2016・9・14)

93 パノラマ写真で見返す 2015年道展

お目当ては　写真のような　絵画なり

10月は芸術の秋。2015年の道展は90周年の節目の年に当たり、知り合いの道展会員野澤桐子さんから招待状が届き、札幌市民ギャラリーに観に行く。圧倒される点数の絵画、彫刻、造形が並んでいる。一つひとつ観ていては一日仕事になりそうなので、

10月

連れ合いの　顔が小さく　美術展

写真顔負けの写実的な野澤さんの作品の前でパノラマ写真を撮り、後は各展示室を通過でお終いにする。後日展覧会のパノラマ写真を合成して、会場に居る臨場感で作品を見返すことができるというパノラマ写真の利用価値を再確認する。　　(2015・10・18)

94 大きなイベントに育つか プレ開催のNoMaps

初音ミク　生みの会社の　ブースなり

札幌国際短編映画祭は2016年で11回目を迎える。この映画祭を柱の一つにして、音楽イベント、新しいメディア技術やIT技術の展示等を行う「NoMaps」が2017年の本格開催に向けてプレ開催された。初音ミクの生みの親のクリプトン・フューチャー・メディ

10月

復活の　ネット配信　熱気有り

アがこのイベントの企画企業の一つで、都心部での企業展示会にブースが設けられた。「南平岸」のネット配信が復活し、「北海道マイクロコンピュータ研究会」40周年、「札幌エレクトロニクスセンター」30周年を振り返る番組が配信された。（2016・10・14）

95 イチョウ並木のライトアップの金葉祭（こんよう）

金葉祭　今年五年目　続くなり

「金葉祭」と銘打って北大構内の北 13 条通のポプラ並木のライトアップを行う行事は 2012 年に始まり、今年（2016 年）は 5 回目になる。5 回目といっても未だこの行事の知名度はそれほど高くなく、北大の新行事といってもよいだろう。イチョウ並木の黄葉

10月

屋台横　お化けカボチャが　客誘い

の見頃の週の土、日の夕刻からライトアップが始まる。見物客が並木に沿った歩道や車道の思い思いの場所で、緑葉から黄葉に変化の途中のイチョウのライトアップを見上げ、写真を撮る。ハロウィンの飾りのあるテント屋台も店開きする。（2016・10・29）

96 40周年を迎えた札幌地下街での菊祭

地下街の　節目の年を　菊祝い

菊祭が行われている札幌地下街は、1970年に着工し71年に完成し､2011年で40周年を迎えた｡地下街は南北に延びるポールタウンと東西のオーロラタウンで構成される。地下街ができるまでは大通公園で行われていた秋のイベント菊祭は、地下街を会場

チ・カ・ホでは　三本仕立て　見事なり

にして行われるようになった。さらに2011年に地下歩道空間「チ・カ・ホ」が完成するとチ・カ・ホでも行われるようになっている。地下空間でのイベントは天候に左右されず、愛好家の丹精込めた作品が会期中通行人の目を楽しませてくれる。（2011・10・31）

97 サッポロファクトリーのクリスマスツリー点灯式

群衆の　カウントダウン　灯の点り

文化の日に、サッポロファクトリーのアトリウム内に飾られた巨大クリスマスツリーの点灯式があるというので見にゆく。この催しは今年（2010年）で18回目で、ノルウェーから国内唯一のサンタランドに認定されている広尾町から贈られた、高さ

11月

見上げれば
光の乱舞
アトリウム

15m、樹齢40年のトドマツがイルミネーションで飾られている。点灯の瞬間をみようと大勢の客がアトリウムに詰めかけていて、声を合わせてのカウントダウンでツリーが点灯されると、ケータイやカメラでの撮影が一斉に始まる。　(2010・11・3)

98 文化の日の「さっぽろ菊まつり」

年配者　立ち見　若者　通過なり

「さっぽろ菊まつり」は今年（2016年）で54回目となる。自著の「さっぽろ花散歩」（北海道新聞社、2010年4月）では地下街のポールタウンが会場になっている菊まつりの写真がある。「チ・カ・ホ」ができてからメイン会場はこちらに移り、オーロラタウンに

11月

壁のキャラ　懸崖仕立て　目を丸め

一部展示場所がある。新聞報道によれば、10月後半の降雪と寒さで今年の出展作品数は大幅に減少した。オーロラプラザの総合花壇のパノラマ写真を撮る。菊はやはり花に近づいての写真が良く、「チ・カ・ホ」に展示された懸崖仕立てを撮る。(2016・11・3)

99 行事格上げの北大イチョウ並木鑑賞

撮り人や　金葉狙い　愛機向け

実行団体により毎年企画に従って行われる行事とは異なるけれど、多くの市民が参加し、その時を心待ちにしている、企画の無い行事に北大のイチョウ並木鑑賞がある。近年多くの見物客が訪れるため、大学側も10月下旬から11月上旬の日曜日を一般公

11月

紅黄葉　幼児喜び　乳母車

開日に指定して、北 13 条の構内車道を歩行者天国にする。最近はイチョウ並木のライトアップも行われていて「北大金葉祭」と名付けられている。早い雪が降ると、黄色のイチョウの雪景色が出現する。写真愛好家には逃せない行事である。　(2012・11・5)

100　10回目を迎えた札幌のミュンヘン・クリスマス市(いち)

ドイツから　クリスマス市　出前なり

大通公園２丁目で毎年開催されるミュンヘン・クリスマス市は札幌市とミュンヘン市との姉妹都市提携30周年を記念して始まっており、2011年は10回目となる。クリスマス市の本家のドイツを連想させる店が並び、飲食が楽しめる。クリスマスに因んだ

11月

電飾木　昼間市では　所在無げ

土産物も並べられる。午前中から客が居て品定めである。しかし、賑わうのは暗くなってからで、昼間はイルミネーションツリーも所在無げである。市は11月下旬から始まり、ホワイトイルミネーションと合同開催でクリスマスまで1ヶ月続く。(2011・11・26)

101 暗くなって賑わう ミュンヘン・クリスマス市

(2012・12・11)

4時台で 明り入る市 賑いぬ

雪がちらつく北国の冬は午後４時台でも暗くなる。暗くなれば照明で明るくなるミュンヘン・クリスマス市の出店に客が寄ってくる。飲食のために設けられたテントの内も客で賑わう。暗くなっても電飾木は４時台では点灯されない。５時台になると

12月

年により　クリスマス市　雪の消え

電飾木に通電されるようで、パノラマ写真に写っているテレビ塔の時計でわかる。毎年同じ光景のクリスマス市ではあるけれど、12月に入って同じ日でも年によっては雪があったり、雪が無かったりする。クリスマス市での定点観測も面白い。

102 雪の無い ホワイトイルミネーション

雪の無く　光の行事　減趣なり

2015 年は 12 月の半ばだというのに都心部では雪が解けて毎年の冬景色から様変わりである。この時期大通公園と駅前通を中心にホワイトイルミネーションの最中で、雪が無いのでこのイベントの趣が減じてしまっている。大通公園の 4 丁目のところで

レンガ色　赤味増したり　雪無き夜

は緑の芝生が現れ、舗道には枯葉がこびりついたようにしてある。雪の中にある電飾が作り出す雰囲気を記憶から手繰ってみる。赤れんが庁舎前の北３条広場（アカプラ）にも見事なまで雪はなく、赤レンガの広場が人通りもなく延びている。(2015・12・16)

あとがき

本爪句集はこれまでの爪句集同様、ブログに投稿した札幌の行事に関する原稿を拾い出して編集している。取材は2008年から2016年に亘っている。編集に際しては月毎にまとめ、その月の日にちの早いものから、年も過去のものから順に並べるようにしている。しかし、年と日にちのどちらを優先させて並べるかは、テーマの兼ね合いもあり、一貫していないところもある。

行事も1か月近くに亘るものがある中、同じ行事でも年によっては異なる月日のものが取材されていて、同じ行事が同じ月に納まっていない例もある。新しい行事だと、開催月そのものが変更されて行われる例もあり、同じ行事が年によって異なる月の行事になっている場合もある。

行事を月毎にまとめると、当然ながら行事の多い月と、記録する行事の無い月がある。2月の「さっぽろ雪まつり」、6月の「YOSAKOIソーラン祭り」と「北海道神宮例大祭」などは、ブログに投稿した原稿のうちどれを爪句集に採録しようかと選択に迷うほどである。その一方で、3月は辛うじて1テーマ、4月にいたっては投稿例がみつからなかった。

それはとも角、道都札幌では年間を通じて大小の行事が行われている。それらの行事には伝統のものもあれば、新興の行事もある。北海道開道150年を迎える道都札幌はそれなりの歴史の古さもあり、長く続いている行事がある。その一方で、新しい行事が生まれていて、発展途中の都市でもあることが十年近く行事をブログに記録してきて気づかされる。

行事には人が集まる。これを写真に記録するには行事の印象的場面を全風景の一部として切り取っている。これに対して、ここ数年は全球パノラマ写真を採用してブログに投稿しており、本爪句集にもその例を載せている。ただ、動く対象を時間ずれのあるパノラマ写真に撮るのは、写真内の整合性の上からも適さない点もある。それでも行事の雰囲気を、視点を変えながら見ることができるので面白く、記録性の上からも有効な写真法だと思っている。機会があればこの撮影法を積極的に採用し、本爪句集にも取り込んでいる。

本爪句集は30集目となる。最初50集を出版すると公言して始めた個人的プロジェクトでも、30集目となるとやはり節目の出版である。ブログに投稿されてネットで閲覧できるなら改めて爪句集として印刷しなくてもよいのでは、と自問することもある。その自問を繰り返しながらも、電子媒体には無い紙媒体の魅力に引き込まれて、気が付けば30集目になっている。

振り返れば2007年の第1集目から爪句集出版に際しては㈱アイワードならびに共同文化社の関係者にお世話になっており、お礼申し上げる。特に共同文化社の編集担当のNさんには毎集の編集・校正時に適切な助言をいただき助けられ、ここにお礼の言葉を述べておきたい。ブログの管理や全球パノラマ写真に関する助言を行っていただいた㈱福本工業の福本義隆社長をはじめ社員の皆さんや同社の関係者の方々にもお礼申し上げる。

行事の取材はほとんど著者一人で出かけているけれど、時には妻と出掛けることもあり、取材時に手助けをしてもらっている。爪句集が30集まで続けられたのも妻の“内助の功”が大きく、感謝の言葉を最後に記しておきたい。

―2016年12月7日

(北海道新聞にアイワード社印刷の自家製2017年鉄道カレンダーの紹介記事が掲載された日に)

著者：青木曲直（本名由直）（1941～）

北海道大学名誉教授、工学博士。1966年北大大学院修士修了、北大講師、助教授、教授を経て2005年定年退職。eシルクロード研究工房・房主（ぼうず）、道新文化センター「身近な都市秘境を歩いてみよう」の講座を持ち、私的勉強会「eシルクロード大学」を主宰。2015年より北海道科学大学客員教授。北大退職後の著作として「札幌秘境100選」（マップショップ、2006）、「小樽・石狩秘境100選」（共同文化社、2007）、「江別・北広島秘境100選」（同、2008）、「爪句@札幌&近郊百景 series1」～「爪句@函館本線・留萌本線・富良野線・石勝線・札沼線 series29」（共同文化社、2008～2016）、「札幌の秘境」（北海道新聞社、2009）、「風景印でめぐる札幌の秘境」（北海道新聞社、2009）、「さっぽろ花散歩」（北海道新聞社、2010）。北海道新聞文化賞、北海道文化賞、北海道科学技術賞、北海道功労賞。

1　爪句@札幌＆近郊百景
212P（2008−1）
定価　381 円+税

2　爪句@札幌の花と木と家
216P（2008−4）
定価　381 円+税

3　爪句@都市のデザイン
220P（2008−7）
定価 381 円+税

4　爪句@北大の四季
216P（2009−2）
定価 476 円+税

5　爪句@札幌の四季
216P（2009−4）

6　爪句@私の札幌秘境
216P（2009−11）
定価 476 円+税

7　爪句@花の四季
216P（2010−4）

8　爪句@思い出の都市秘境
216P（2010−10）
定価 476 円+税

9　爪句@北海道の駅—道央冬編
P224（2010−12）
10　爪句@マクロ撮影花世界
P220（2011−3）
定価 476 円+税

11　爪句@木のある風景—札幌編
216P（2011−6）
定価 476 円+税
12　爪句@今朝の一枚
224P（2011−9）
定価 476 円+税

13　爪句@札幌花散歩
216P（2011−10）
定価 476 円+税
14　爪句@虫の居る風景
216P（2012−1）
定価 476 円+税

15　爪句@今朝の一枚②
232P（2012−3）
定価 476 円+税
16　爪句@パノラマ写真の世界—札幌の冬
216P（2012−5）
定価 476 円+税

17　爪句@札幌街角世界旅行
224P（2012－7）
定価 476 円＋税
18　爪句@今日の花
248P（2012－9）
定価 476 円＋税

19　爪句@札幌の野鳥
224P（2012－10）
定価 476 円＋税
20　爪句@日々の情景
224P（2013－2）
定価 476 円＋税

21　爪句@北海道の駅—道南編 1
224P（2013－6）
定価 476 円＋税
22　爪句@日々のパノラマ写真
224P（2014－4）
定価 476 円＋税

23　爪句@北大物語り
224P（2014－11）
定価 476 円＋税
24　爪句@今日の一枚
224P（2015－3）
定価 476 円＋税

25　爪句@北海道の駅—根室本線・釧網本線
224P（2015−7）
定価 476 円＋税

26　爪句@宮丘公園・中の川物語り
248P（2015−11）
定価 476 円＋税

27　爪句@北海道の駅—石北本線・宗谷本線
豆本　100 × 74㎜　248P
オールカラー
（青木曲直 著　2016−2）
定価 476 円＋税

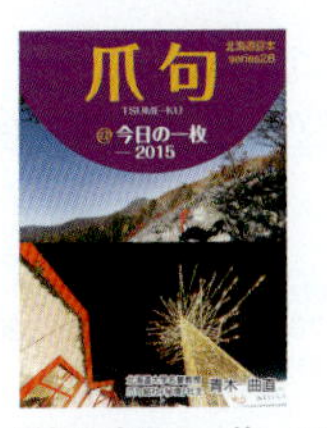

28　爪句@今日の一枚—2015
豆本　100 × 74㎜　248P
オールカラー
（青木曲直 著　2016−4）
定価 476 円＋税

29　爪句@北海道の駅
—函館本線・留萌本線・富良野線・石勝線・札沼線
豆本　100 × 74㎜　240P
オールカラー
（青木曲直 著　2016−9）
定価 476 円＋税

北海道豆本　series30
爪句@札幌の行事
都市秘境100選ブログ　http://hikyou.sakura.ne.jp/v2/

2017年1月25日　初版発行

著　者　青木曲直（本名 由直）
企画・編集　eSRU 出版
発　行　共同文化社　〒060-0033　札幌市中央区北3条東5丁目
TEL011-251-8078　FAX011-232-8228
http://kyodo-bunkasha.net/
印　刷　株式会社アイワード
定　価：本体476円＋税

ISBN 978-4-87739-293-2